# Eduard Freiherr von Sacken, Albert Ritter von San Vittore Cámesina

# Die Tafelgemälde auf des Rückseite des Email-Altares im Stifte Klosterneuburg

Antigonos

**Eduard Freiherr von Sacken, Albert Ritter von San Vittore Cámesina**

# Die Tafelgemälde auf des Rückseite des Email-Altares im Stifte Klosterneuburg

Unveränderter Nachdruck der Originalausgabe von 1869.

1. Auflage 2024  |  ISBN: 978-3-38636-815-5

Antigonos Verlag ist ein Imprint der Outlook Verlagsgesellschaft mbH.

Verlag: Outlook Verlag GmbH, Zeilweg 44, 60439 Frankfurt, Deutschland, info@outlook-verlag.de
Vertretungsberechtigt: E. Roepke, Zeilweg 44, 60439 Frankfurt, Deutschland
Druck: Libri Plureos GmbH, Friedensallee 273, 22763 Hamburg, Deutschland

# DIE TAFELGEMÄLDE

AUF DER

## RÜCKSEITE DES EMAIL-ALTARES

IM STIFTE KLOSTERNEUBURG.

VON

## D<sup>R</sup>. ED. FREIHERRN VON SACKEN.

MIT V. LITHOGRAPHIRTEN TAFELN.

WIEN.

DRUCK VON A. PICHLER'S WITWE & SOHN.

VERLAG DES VERFASSERS.

(SEPARAT-ABDRUCK AUS DEM X. BANDE DER BERICHTE UND MITTHEILUNGEN DES ALTERTHUMS-VEREINES ZU WIEN.)

Das an Kunstdenkmalen des Mittelalters so reiche, von den Landesfürsten stets gepflegte und wohl dotirte Chorherrnstift Klosterneuburg besitzt bekanntlich eines der bedeutendsten, in seiner Art wohl das grossartigste Kunstwerk des XII. Jahrhunderts in der berühmten Email-Retabel — dem sogenannten Verduner-Altare. Er besteht aus einem Mitteltheile mit zwei halb so breiten Flügeln zum Schliessen und stellt sich so als ein Flügelaltar — gewiss eines der ältesten Beispiele dieser Anordnung — dar. Die laut der Inschrift unter dem sechsten Propste Wernher (1167—1186) durch Nicolaus von Verdun im Jahre 1181 vollendeten 51 Emailtafeln, ebenso interessant durch den bedeutsamen Inhalt der Darstellungen und ihre geistigen Beziehungen als durch die künstlerische Ausführung hervorragend, sind durch die Pracht Publication in Facsimile von A. Camesina mit Text von J. Arneth [1]) und die eingehende Beleuchtung von Dr. G. Heider im IV. Bande der Berichte des Alterthums-Vereines bekannt [2]). Daselbst ist auch nachgewiesen, wie aus der weiteren Inschrift des Altares hervorgeht, dass die Tafeln ursprünglich zur Verkleidung eines Ambo dienten und erst später, und zwar durch den Propst Stephan v. Sierndorf (1317—1335) zu einem Retabel oder Altaraufsatz verwendet wurden. Diess geschah nach einem furchtbaren Brande des Stiftes im Jahre 1322 [3]) und ohne Zweifel aus Anlass desselben. Denn die Tafeln, welche bei der Feuersbrunst kaum durch Begiessen mit Wein gerettet wurden, hatten doch dadurch so gelitten, dass sie der Propst nach Wien bringen liess, wo sie von Goldschmieden restaurirt und neu vergoldet wurden. Bei der erwähnten Umgestaltung zum Altaraufsatze mit zwei Thüren, die im J. 1329 vollzogen war, mussten, um zu diesem Zwecke das erforderliche Ebenmaass zu erhalten, oder aber weil die mittleren Tafelreihen beschädigt waren, sechs Email-Tafeln neu gemacht werden, die sich in der That in der Mitte des Ganzen eingefügt finden und auf den ersten Blick durch den Kunstcharakter und die weit geringere technische Ausführung wesentlich von den übrigen, älteren unterscheiden.

1) Das Niello-Antipendium zu Klosterneuburg. In der Originalgrösse lithographirt von A. Camesina, beschrieben und erläutert von Joseph Arneth. Wien 1844.

2) Vgl. auch Heider und Eitelberger, Mittelalterliche Kunstdenkm. des österr. Kaiserstaates. II. S. 115.

3) Zufolge der kleinen Stiftschronik (M. Fischer, Merkwürdige Schicksale des Stiftes und der Stadt Klosterneuburg, I. S. 158 und Zeibig im Archiv z. Kunde österr. Geschichtsquellen. VII. S. 231) fand der Brand am Kreuzerhöhungstage (14. September) 1322 statt. Fischer glaubte das Jahr 1318 annehmen zu müssen. Die Gründe dagegen s. bei Camesina. Die ältesten Glasgemälde im Stifte Klosterneuburg im II. Bd. des Jahrbuches der k. k. Central-Commission z. Erforsch. und Erhalt. d. Baudenkmale. S. 170, Anm. 2.

Aber der kunstsinnige Propst that noch mehr: auch die Rückseite des ohne Zweifel frei stehenden Retabels liess er mit Gemälden, auf Holztafeln in Tempera - Farben ausgeführt, versehen. Lange Zeit hindurch waren dieselben sichtbar und müssen leicht zugänglich gewesen sein, da Hunderte von Beschauern in sehr unpassender Weise ihre Namen, oft auch mit der Jahrzahl einkritzelten, und zwar bisweilen bis zur Tiefe einer Linie; die älteste Jahrzahl war 1502, um welche Zeit diese vandalische Unsitte, die glücklicherweise nur die unteren Theile der Bilder betraf, wobei vorzugsweise die dunklen Stellen der Gewänder und des Grundes gewählt wurden, in Uebung gekommen zu sein scheint. Die jüngste Jahrzahl war 1809 bei einem nur theilweise leserlichen französischen Namen.

Die Aufstellung des Altarwerkes im alten Capitelhause beim Grabe des Stifters, des heil. Markgrafen Leopold, die im J. 1833 vorgenommen wurde, entzog zwar die Rückseite mit den Bildern den frevelnden Händen der ungebildeten Menge, aber leider auch den Augen des kunstsinnigen Beschauers; denn der Altar stand so nahe an der Mauer und war derartig verschalt, dass es kaum möglich war, mittelst Leiter und in gefahrvoller Situation bei Beleuchtung einer Kerze die Gemälde nur unvollkommen zu sehen; sie waren so gut wie begraben und oft liess sich der fromme Wunsch vernehmen, dass sie durch eine zweckmässigere Aufstellung wieder an's Tageslicht kommen und der Betrachtung zugänglich werden möchten [1]). Endlich im J. 1863 liess der hochw. Propst Adam Schreck auf Anregung des Herrn kais. Rathes A. Camesina und des Stiftskämmerers Florian Thaler, aufgemuntert durch die k. k. Central - Commission zur Erforschung und Erhaltung der Baudenkmale, den Altar von seiner Stelle entfernen und die Gemälde der Rückseiten, welche durch Staub, Rauch und das erwähnte Einkritzeln von Namen viel gelitten hatten, durch den Maler und Officialen der Kupferstichsammlung des Erzherzogs Albrecht, Joseph Schönbrunner, gründlich restauriren. Der genannte treffliche Künstler unterzog sich der mühevollen Arbeit mit grösster Gewissenhaftigkeit und feinem Verständniss; nachdem er die dicke Kruste von Schmutz und Rauch, die sich im Verlauf der vielen Jahre angesetzt hatte und die Darstellungen fast unkenntlich machte, mittelst einer leichten Salmiaklösung, Essig und Eigelb entfernt, die aufgestandenen Stellen mit einer Mischung von Terpentin und Leim niedergeklebt und die zahlreichen kleinen Risse und Sprünge mit Kreidemasse ausgefüllt hatte, führte er die Restauration mit Temperafarben mit gewissenhafter Schonung der Originalstellen durch: nur an den zwei Bildern der Krönung und Kreuzigung kamen an den unteren Theilen Harzfarben in Anwendung, weil diese durch die Feuchtigkeit angegriffen waren. Die schadhaften Stellen des Goldgrundes wurden mit Muschelgold ausgebessert und polirt. Durch glücklichen Zufall und die haltbareren lichten Farben waren die Köpfe und Fleischtheile am besten erhalten, und von den übrigens nicht tief gehenden Rissen, Sprüngen, Abblätterungen und Eingraben von Namen verschont geblieben [2]).

So prangen denn die merkwürdigen Kunstdenkmale des XIV. Jahrhunderts wieder in ihrer ursprünglichen Farbenfrische und sind nun der Zukunft erhalten; eine zweckmässigere Aufstellung des Altares im Capitelhause und eine vortheilhaftere Beleuchtung macht sie nunmehr den Kunstfreunden sichtbar. Es schien nun an der Zeit, an die Reproduction und Herausgabe dieser für die Kunstgeschichte, wie wir in der Folge sehen werden, überaus wichtigen Gemälde zu schreiten; das thätige Mitglied unseres Vereines, Herr Anton Widter, photographirte sie in seiner bekannten trefflichen Weise und

---

1) Eine kurze Beschreibung verfasste bei Gelegenheit dieser Aufstellung der Chorherr und Archivar des Stiftes Engelbert Stoy; sie findet sich bei Arneth, Niello-Antipendium S. 5, Anmerkung.

2) Eine Anzeige der glücklich vollzogenen Restauration nebst einer kurzen Schilderung der Gemälde gibt K. Weiss in der österr. Wochenschrift f. Wissensch., Kunst und öffentl. Leben, Jahrg. 1864. I. S. 369—373.

Herr Jos. Schönbrnnncr führte nach den Photographien und den Originalen die lithographischen Tafeln aus, welche hier gleichsam als Anhang zur Publication der Emailtafeln im IV. Bande der Berichte und Mittheilungen gegeben werden.

Die Zahl der Bilder und die Wahl der Gegenstände der Darstellung erscheint durch die Gesammtanordnung des Altarwerkes begründet; jeder Flügel enthält eine Tafel, der doppelt so breite Mitteltheil deren zwei. Erstere wurden, wie diess bei den Flügelaltären gewöhnlich war, während der Fastenzeit geschlossen, und daher mit der Darstellung der beiden Hauptmomente der Passion: der Kreuzigung und der Auferstehung versehen; die Rückseite des Mitteltheiles — vielleicht während der Adventszeit sichtbar gemacht — ist dem irdischen Scheiden und der Verherrlichung der Jungfrau Maria gewidmet. Wir wollen die Betrachtung mit dem rechten Flügel, der bei geschlossenen Thüren sich dem Beschauer zur Linken (auf der Evangelienseite des Altares) darstellte, beginnen.

### Flügel der Evangelienseite (Taf. I).

Wir sehen hier den Heiland, eine sehr lange, hagere Gestalt, bereits verschieden am Kreuze hängen, um das unbekrönte Haupt — in älterer Zeit trägt es häufig die Königs-, später die Dornenkrone — den Nimbus mit breitendigem, edelsteinbesetzten Kreuze; das Auge ist gebrochen, der Mund von Schmerz und Todeskampf verzerrt. Das Lendentuch, welches noch im XIII. Jahrhundert oft als Schürze oder kurzer Rock erscheint, legt sich breit, bis an die Kniee reichend, um die Hüften (später wird es gewöhnlich flatternd gebildet). Ströme von Blut entquellen den Wunden; die der Hände und der Seite werden von drei Engeln in Kelchen aufgefangen. Um das schwerelose Schweben auszudrücken, gab ihnen der Künstler eine fast vollkommen horizontale Lage; die beiden oberen tragen weisse Kleider und rothe, schillernde Flügel; der aber, welcher das Blut der Seitenwunde auffängt, erscheint fast körperlos; denn indem der Goldgrund die Lichter des Kleides bildet und bloss dessen Schatten grün gezeichnet sind, ist die Gestalt wie durchsichtig, auch die Flügel sind bloss contourirt. Zu bemerken kommt auch, dass das auf einem niedrigen Hügel — nebst dem Todtenkopf Andeutung der Schädelstätte, des Calvarienberges — eingerahmte Kreuz keinen Oberbalken hat, sondern ein kurzer Stab trägt das Band mit der gewöhnlichen Inschrift. Die Gruppe der vier trauernden Frauen zur Rechten des Kreuzes ist weitaus die trefflichste Leistung unseres Künstlers, sowohl in Bezug auf Anordnung und Ausdruck, als in malerischer Beziehung durch schöne Gewandmotive und glückliche Zusammenstellung der Farben. Den Mittelpunkt der Gruppe bildet Maria; der Ohnmacht nahe, lässt sie die Hände in gebrochener Kraft hängen [1]), der edle, noch jugendliche Kopf ist von tiefer Trauer gebeugt, den im stummen Schmerz hinblickenden Augen entquellen blutige Thränen; der in reichen Falten herabfallende, lange, blass purpurne Mantel ist über den Kopf gezogen, das Unterkleid hat eine grünblaue Farbe. Die ausdrucksvolle Gestalt wird von einer der anderen Marien, die über einem bräunlich blauen Kleide mit rothem Futter einen weiten, über den linken Arm geschlagenen blaugrünen Mantel, auf dem Kopfe den weissen Wimpel und Schleier trägt, liebreich umfasst und unterstützt; das Gesicht hat etwas typisch Starres, die mandelförmigen Augen sind wie im Schrecken aufgerissen und blicklos. Von edlen Formen und grossartigem Schnitte erscheint der im Profil sichtbare Kopf der

---

1) Verschiedene ältere Kirchenschriftsteller eifern dagegen, Maria in der Geberde heftigen Schmerzes oder in Ohnmacht sinkend, darzustellen; sie sollte, entsprechend dem Stabat mater des Jacobus de Benedictis, stehen in ergebener Fassung. Vgl. Hack, der christliche Bilderkreis, S. 119.

4

dritten Frau, die ein zinnoberrothes Kleid trägt; der vom Hinterhaupte herabfallende grüne Mantel lässt noch die hellblonden Haare zum Theil frei; auch sie sucht die zusammensinkende Mutter des Gekreuzigten aufrecht zu erhalten, auf den sie schmerzvoll hinblickt. Sehr lebendig zeigt sich der Schmerz in der weinenden Frau, welche den Schluss bildet, ausgedrückt; sie trägt ein graues Oberkleid. Man muss gestehen, je mehr man sich in die Betrachtung dieser Gruppe vertieft, um so ergreifender wirkt die tiefe Empfindung, mit welcher der Künstler in noch unentwickelter Form seiner Intention Ausdruck zu geben verstand, um so bewunderungswürdiger erscheint bei aller Einfachheit, selbst Hülflosigkeit der äusserlichen Darstellungsmittel die Feinheit der Charakteristik. — Viel interessantes bietet die Gruppe auf der anderen Seite des Kreuzes; hier sehen wir zunächst Johannes, den blondgelockten Kopf in tiefem Leid auf die Hand gestützt, wieder eine ausdrucksvolle, obwohl mehr conventiouelle Figur; in der Linken hält er das Evangelium; seine Kleidung besteht in einem grünen Kleide mit grauem, roth gefütterten, weiten Mantel. Sehr eigenthümlich ist das Costüm des gläubigen Hauptmannes, der gegen den Beschauer herausblickt und ihm sein offenes Bekenntniss zuzurufen scheint, welches ein aus der auf Christus deutenden emporgehobenen Hand hervorgehendes Spruchband mit den Worten: Vere filius Dei erat iste, ausdrückt. In der Rüstung strebte der Künstler offenbar historische Treue an, aber indem er die römische Kriegstracht darstellen wollte, wobei ihm einige dunkle Vorstellungen von der mit Köpfen geschmückten Phaleris (Brustschmuck), derlei Lendenriemen und Schuppenpanzer vorschwebten, brachte er nur eine abenteuerliche Phantasierüstung zu Stande; immerhin bleibt aber dieses Bestreben nach historischem Costüme bemerkenswerth, da es in dieser Zeit nicht gewöhnlich ist, denn meistens begnügte man sich (selbst noch viel später), die nicht heiligen Personen in der Tracht der Zeit darzustellen [1]). Doch konnte er sich nicht ganz der ihm gebotenen Anschauung entschlagen, und so trägt der Römer das für das XIV. Jahrhundert charakteristische Bassinet auf dem Kopfe, an welches in der gewöhnlichen Weise mittelst einer Spange der Ring-Panzerkragen mit herabhängendem Nasal aus demselben Geflecht befestigt ist; auch die mit Goldspangen beschlagenen Beinschienen und die rothen, spitzen Schuhe sind der Tracht der Zeit entnommen; dagegen soll die rothe Mütze mit Goldspangen und Hermelinverbrämung, der Panzer mit spitzen Schuppen, der kurze, enge schwarze Leibrock mit Gold- und Edelsteinbesatz und eine Art Gurt von Goldschuppen, auf denen seltsame, phantastische Köpfe, die in getriebener Arbeit dargestellt sind, den Krieger einer entfernten Zeit, eines fremden Landes charakterisiren. Das kurze, mittelalterliche Schwert mit Rautenknopf, auf welches sich die Linke stützt, hat ein zu knüpfendes Riemengehänge, wie es im XII. und XIII. Jahrhundert üblich war. Von den drei Soldaten, deren Köpfe viel Leben und eine Individualisirung zeigen, die schon eine aufmerksame Beobachtung, ja directes Studium des Lebens bekundet, tragen zwei Piken, der dritte eine kleine Hellebarde von primitiver, alterthümlicher Form; erstere haben das Bassinet mit Panzerkragen auf dem Kopfe, sowie Panzerhosen, letzterer trägt einen Phantasiehelm mit ausgehackter rother Mütze. Die sonderbare, von rückwärts zu sehende Figur mit dem Schwamm und Essiggefäss, auffallend verfehlt in der Zeichnung und in einem braunen Tone gehalten, trägt ein dunkelgrünes Kleid und schwarze, ganz enge Beinkleider.

Besondere Beachtung verdient die kleine beim Kreuze knieende Mönchsgestalt in der weissen Flocke der regulirten Chorherren; durch den kleineren Massstab, den zum Heiland aufblickenden Kopf

---

1) So z. B. auf dem zwischen 1340 und 1350 gefertigten Tympanon-Relief mit derselben Darstellung an der Minoritenkirche in Wien. Vgl. Lind in den Ber. u. Mitth. des Alterth. Vereines V. S. 149 und IX, S. 96. Im ganzen zeigt dieses Relief manche Aehnlichkeit mit unserem Bilde, namentlich in der Gruppe der Frauen.

und die bittend ausgestreckten Hände ist er als der Stifter der Bilder bezeichnet; die hinaufflaternde Schedula enthält seine Intention und Bitte: Miserere mei Deus (in den für das XIV. Jahrhundert charakteristischen Majuskeln geschrieben). Gleichsam in Erfüllung seines Gebetes träufelt das erlösende Blut aus den Fusswunden gegen ihn herab, das hier von keinem Engel aufgefangen wird. Wer dieser Donator sei, darüber gibt uns der hinter ihm in den Grund geschriebene Name: STPHS· PPTS — Stephanus Praepositus Aufschluss. Es ist also der Erneuerer des Altarwerkes, der kunstliebende Propst Stephan und wir sehen ihn hier in ähnlicher Weise als Stifter dargestellt, wie mehrmals in den Glasfenstern des Kreuzganges und auf der schönen Niello · Patene, die er anfertigen liess [1]), nur erscheint er daselbst noch jugendlich, als Capellanus, hier aber als Propst (seit 1317) in reiferen Jahren mit grauem Haar und Bart.

Bei allen Bildern ist der Grund von starkem Blattgold mit fein punzirten Ornamenten von dem vollendetsten Geschmacke, wie er eben der Blüthezeit der Gothik eigen war, gemustert; sie bestehen in stylvollem Blattwerk und Laubzügen; bei dem ersten Bilde sind es, vielleicht mit absichtlichem Bezug auf die Darstellung, schön gezeichnete, sehr charakteristische Distelblätter.

### Flügel der Epistelseite (Tafel II).

Diese Tafel enthält zwei gleichzeitige Darstellungen in sehr glücklicher Weise vereint, nämlich die Frauen am Grabe (nach Matthäus, 28) und die Begegnung des auferstandenen Heilands mit Magdalena (nach Johannes, 20). Vor allem fällt die Form des Grabes auf, welches nicht nach dem Evangelium in Felsen gehauen, sondern als reich verzierter Steinsarkophag gebildet ist. Wieder erkennen wir hierin das Bestreben des Malers durch altertbümliche und fremdartige Formen dem Gegenstande ein historisches Gepräge zu verleihen. Die aus Granit bestehende Tumba hat am unteren Theile eine an romauische Bauformen erinnernde Bogenstellung, mit Kugeln und Blättern in den Archivolten, darüber ruude Oeffnungen; seltsam geformte, vielfach gegliederte Tragsteine, die an der Schmalseite in die richtige Perspective zu setzen der Künstler noch nicht verstand. tragen den weit vorspringenden, mit sehr schönen, romanisirenden Ranken gezierten Kranzleisten. In der Nische der Schmalseite steht wie rund gehauen Adam, nackt, bittend gegen Himmel blickend, darunter befindet sich eine stufenartige Stütze wie aus rothem Porphyr, auf welcher ein kleiner Löwe angebracht ist, vielleicht in Andeutung des Löwen vom Stamm Juda, den der Sarkophag barg. Der rothe Marmordeckel mit Eisenring ist weggeschoben und auf dem Rande des Sarges sitzt der Engel im weissen, goldgegitterten, mit Rubinen und Smaragden besetzten Kleide mit purpurnen Flügeln, im blendenden Glanze, von sprechender Geberde; reiche blonde Locken umwallen das Haupt, welches ein edelsteinbesetzter Nimbus umgibt. Er zeigt der herantreten- den Frau, welche, auf das thurmförmige goldene Gefäss in der Hand deutend, ihre Absicht kund gibt, den Herrn zu salben, das weisse, mit goldenem Liliensaume geschmückte Grabtuch und belehrt sie, dass Christus auferstanden sei. Erstaunt und erschrocken blickt Maria ihn an; ihr Kleid ist grün, der Mantel hochroth, vom Kopfe fällt ein weisses Tuch auf die Schultern herab. Sehr lebendig und der Situation entsprechend charakterisirt sind die beiden anderen Frauen; die eine im blass purpurnen Kleide mit grünem, blau gefütterten Mantel und Kinntuch aus feinem, weissen Stoffe erklärt in spre- chender Weise der erstaunt die Hände zusammenlegenden Genossin den wunderbaren Hergang; der Mantel der letzteren ist purpurn über blauem Kleide. Man muss sagen, kein Genremaler der späteren

---

1) Camesina, im Jahrb. d. Centr.-C. II. Taf. XIV, Fig. 5, XVII, Fig. 2, XVIII, Fig. 2, 3, XIX, Fig. 4 und S. 186.

Zeit hätte diese Gruppe naturgemässer darstellen können. — Zu der schlichten, gemüthvollen Weise dieser Darstellung bildet die grossartige Scene im Vordergrunde des Bildes einen wirkungsvollen Gegensatz. Hier erscheint die evangelische Erzählung mit ergreifender Gewalt und Energie der Empfindung darge-stellt. Der verklärte, erstandene Heiland erscheint der Magdalena; ihn erkennend ist sie auf die Kniee gestürzt und streckt in gläubiger Hingebung und innigster Sehnsucht die Arme aus, um die Füsse des geliebten Meisters zu umfangen, aber der Herr weicht zurück und wie erschreckt sie anblickend, wehrt er ihr mit der Hand, indem er die Worte zu sprechen scheint: „Rühre mich nicht an! denn ich bin noch nicht aufgefahren zu meinem Vater." Das jugendlich verklärte Haupt umgibt der Nimbus mit halb rothem, halb grünem Kreuz (in symbolischen Farben) mit Golddesseins, den ausweichend gebo-genen Leib umfliesst in weichen Falten das weite blasspurpurne Oberkleid (mit rothem Futter), die rothe Kreuzesfahne erscheint in verschiedenen Mustern reich gestickt und edelsteinbesetzt, in drei Wimpel endend, unten ist die Stange als Schaufel oder Grabscheit gebildet, um anzuzeigen, dass Magdalena Christum für den Gärtner hielt; so steht er auch auf einer halb abgegrabenen Erhöhung und um den Garten zu bezeichnen, steht ein Baum dabei, der aber noch streng stylisirt ist, die Blätter in ge-schlossener Masse, gezackt wie an den gothischen Säulencapitälen. Magdalena trägt einen hochrothen, blassroth gefütterten Mantel über grünem Kleide und schwarze Schuhe. In Bezug auf dramatische Wir-kung steht diese Darstellung den übrigen weit voran.

Das Muster des Goldgrundes bilden grosse, gewundene, stark eingeschnittene Blätter, die sich gegen den punzirten Fond etwas erhoben und glatt abheben.

## Die Mittelbilder.

Der Tod Mariä. (Taf. III.) Die heilige Jungfrau liegt im Verscheiden mit gekreuzten Händen und geschlossenen Augen, aber nicht bleich, sondern wie eine Schlafende, das Haupt von Kissen unterstützt auf dem Bette, welches mit gothischen, durchbrochenen Vierpässen geschmückt und mit weissen Lin-nen bedeckt ist; hinter demselben steht Christus liebevoll auf die Sterbende blickend und nimmt ihre Seele in Empfang, die als ganz kleines unbekleidetes Figürchen dargestellt ist, mit bittend zusammen-gelegten Händen den Heiland ansehend, in ein weisses Tuch mit goldenen Sternen gehüllt. Diese Vorstellung ist nicht ungewöhnlich und findet sich namentlich im XV. Jahrhundert häufig auf den Bil-dern der rheinischen Schulen [1]), nur ist die Seele in der Regel unbekrönt, während sie hier schon eine Krone trägt — vielleicht statt eines Kranzes zur Bezeichnung der Jungfräulichkeit —, was um so auffallender erscheint, wenn wir die obere Darstellung betrachten. Zwei Engel sind herabgeschwebt und halten den Thron für die Himmelskönigin in Bereitschaft, auf dessen mit dem Rückenteppich bedeck-ten Kissen die prachtvolle Krone liegt.

Maria trägt ihre gewöhnliche Kleidung: blaues Unterkleid und blassrothen Mantel, der sie ganz einhüllt, Christus den grauen, ungenähten Leibrock mit Streifen von goldenen Laubzügen und ein blaues Oberkleid mit goldenen Kreuzchen, das Futter ist roth getupft. Von den beiden Engeln, bei denen das Fliegen wieder gut charakterisirt ist, trägt der rechts ein grünes, golden dessinirtes

---

1) Die Künstler dieser stellten gewöhnlich die h. Jungfrau im Bette sterbend dar, die der oberdeutschen dagegen in der Regel dieselbe ausser dem Bette, knieend, noch lebend, wobei die Empfangnahme der Seele durch Christus ent-fällt. Nach dem h. Gregor soll Maria ohne Schmerz verschieden sein; verschiedene Kirchenschriftsteller fordern, dass sie nicht mit dem Gesichte einer Kranken, sondern heiter und milde, einer Schlafenden gleich dargestellt werde.

Kleid und rothen Ueberwurf, der andere ist hochroth mit blauem Mantel; die Flügel des ersteren sind blau, die des letztern purpurn; der Teppich zeigt einen Dessein von Kreisen, in denselben Sternen; die Krone mit Blattzinken ist reich mit Edelsteinen besetzt.

Um das Lager der Sterbenden sind die zwölf Apostel gruppirt, verschieden in Alter, Gesichtsbildung, Haar und Barttracht, aber von geringem Ausdrucke; nur in schwachen Zügen erscheinen Schmerz und Theilnahme angedeutet, zudem drängen sich die Gruppen, sie sind die schwächste Partie unserer Bilder; die Köpfe, deren Augen oft starr und ausdruckslos blicken, haben ein conventionelles Gepräge; als die gelungensten Figuren sind zu bezeichnen der Alte mit grauem Haar und Bart, der zu Häupten der Verscheidenden steht und theilnahmsvoll hinblickt, während er die Hände gekreuzt auf das Kissen gelegt hat, ferner der greise Petrus mit Buch und Weihwasserwedel, endlich der Greis mit dem schön verzierten Becken im Purpurmantel, den er über die Schulter zieht, der schöne, edel geformte Kopf mit langem weissen Barte. Gleichgültig erscheint der jugendliche Johannes, mit hellblauen Augen, ganz in den dunkelgrünen Mantel gehüllt, in der Hand das Gebetbuch mit vielen eingelegten Zeichen. Der auf dem Boden sitzende Apostel, welcher das Rauchfass geöffnet hat und die Kohlen anbläst, streift an genremässige Auffassungsweise, von der sich überhaupt hie und da kleine Züge kund geben. So ist der gegitterte Ueberzug des Kopfkissens an der Seite etwas aufgetrennt, ein zwar geringfügiger Umstand, der aber zeigt, dass der Künstler die Nebendinge getreu nach der Natur arbeitete, denn auch das sich verblätternde Buch, das Petrus hält, die Weihrauchfässer, das edelsteinbesetzte Kreuz mit Kleeblattenden verrathen ein solches Detailstudium der wirklichen Gegenstände, welches in den Figuren nur im allgemeinen hervortritt. Der Goldgrund ist mit ausgezeichnet schönen weinblattartigen Laubzügen gemustert.

Hat uns dieses Bild die letzten Augenblicke des irdischen Wallens, das Ausringen und Ende der Leiden der heiligen Jungfrau vor Augen geführt, so zeigt uns das folgende (Taf. IV) ihre Verherrlichung und Vollendung im himmlischen Reiche. Durch die schöne gothische Architektur scheint das himmlische Jerusalem (nach Apokal. XXI) angedeutet zu sein, alle Gestalten sind verklärt, in hellen Gewändern, mit blondem Haar, wie lichtumflossen. In der Mitte sehen wir ein hohes Sedile, welches von zwei Engeln getragen wird; auf dem goldenen Kissen desselben sitzt Christus als König, auf dem vom edelsteinbesetzten Kreuznimbus umgebenen Haupte die Lilienkrone, in der Linken das schön gebildete Scepter mit Blattknauf, während die Rechte der neben ihm thronenden Mutter als Himmelskönigin die Krone auf's Haupt setzt. Er ist mit einem hellblauen Mantel über dem grauen Leibrock angethan, dessen blassrothes Futter sich oben und über dem linken Knie breit umlegt, alles mit goldenen Kreuzchen besäet. Ungemein lieblich ist Maria, eine sehr schlanke Gestalt, etwas gegen Christus gewendet, die Hände in Anbetung erhoben, den Kopf von sanftem, lieblichen Ausdruck, aus dem Seligkeit und Verklärung strahlen (Taf. V), demuthsvoll geneigt. Der über das grüne Unterkleid gezogene blassrothe Mantel mit hochrothem Unterfutter ist mit goldenen Sternen verziert, die Krone reich und prachtvoll. Grossartige Würde, eine erhabene Feierlichkeit liegt in dieser Darstellung, mit hoher Anmuth gepaart. — Der Thron und die beiden kapellenartigen Abschlüsse zu beiden Seiten desselben zeigen die ausgesprochenen Formen der Frühgothik; am Untersatze des ersteren ziehen sich Spitzbogenblenden hin; er ist wie aus Porphyr gemeisselt, an allen Gliederungen mit geschmackvollen goldenen Ranken und Zügen verziert, die Armlehnen werden von zierlichen Fialen bekrönt, die Rücklehne erscheint als dunkler Granit. Die Nischen sind mit spitzbogigen, sechstheiligen Kreuzgewölben bedeckt, die bei der links auf zierlichen Wandsäulchen noch mit Knospencapitälchen ruhen;

8

die Fenster zeigen einfaches Mastwerk, einen Vierpass über den Kleeblattabschlüssen der Felder, die, um die Glasmalerei zu bezeichnen, schöne Laubdesseins enthalten. Die Giebel über den Bögen tragen auf der Spitze ein Kreuz, ihre Schenkel sind mit Krappen besetzt, die noch die Form schneckenartig umgebogener Blätter — charakteristisch für die frühere Zeit der Gothik   zeigen. Die ganze Architektur erscheint aus rothem Marmor aufgeführt.

Von den beiden Engeln, den Trägern des himmlischen Thrones, ist der links mit blassrothem Unterkleid und dunkelgrünem, mit stylisirten Sternen besäetem Mantel bekleidet, seine Flügel sind violett, die Verzierung am hellrothen Mantel über dem gelben Kleide des anderen besteht aus Hakenkreuzen, einem Symbole der Ewigkeit; seine Flügel sind schön blau. Rechts von dieser Darstellung steht Johannes der Täufer im härenen Gewande mit einem Ueberwurf von grauem Felle; der schöne, stark bärtige Kopf ist gegen die Krönungsscene gewendet, auf welche er gewissermassen als den Schluss und die Vollendung der messianischen Sendung, deren Vorläufer er selbst war, hindeutet. In der Rechten trägt er den blutrothen Discus mit dem Osterlamme. Ihm gegenüber sehen wir den Patron der Chorherrn, den heiligen Augustinus im bischöflichen Ornate, — ein Beweis, dass die Gemälde für das Stift gefertigt wurden. Auch er erscheint in jugendlicher Verklärung, mit blondem Haar und Bart. Ueber der Albe mit grün und roth gesticktem Clavus (rothe Kreuzchen in grünen Doppelkreisen) trägt er die grüne Dalmatik, welche gleich dem Schächerkreuz und Kragen der glockenförmigen, sternbesäeten Casula mit punzirten goldenen Rosetten, Rubinen und Smaragden auf das prachtvollste geschmückt ist. Die niedrige dreieckige Mitra ist ebenfalls mit Goldborden und Edelsteinen besetzt; in den mit Chiroteken bekleideten Händen hält der Bischof ein Buch und das Pedum, dessen mit Blättern besetzte Krümme in einen hässlichen, aus Esel und Bock zusammengesetzten Kopf (das böse Prinzip andeutend) endet. Den Abschluss des Bildes nach beiden Seiten hin machen schlanke, fialenbekrönte Pfeiler, welche die geschickt mit dem Sedile in Verbindung gebrachte Architektur begrenzen. Von besonderer Schönheit und der zartesten Ausführung ist der Goldgrund; auf dem glatten Fond sind überaus geschmackvolle, sich verschlingende Laubranken punzirt, neben dem Giebel links sieht man in gleicher Technik zwei gegen einander springende Ungeheuer, ober dem rechts einen Leoparden mit Drachenschwanz und ein phantastisches zweibeiniges Ungethüm, vielleicht die nun verscheuchten teuflischen Mächte symbolisch bezeichnend. —

Was nun den allgemeinen künstlerischen Charakter der Gemälde anbelangt, so ist ihnen eine nicht bloss geschichtliche, sondern selbständige Bedeutung nicht abzusprechen; denn sie bewegen sich nicht in allgemeinen, herkömmlichen Gestaltungen der Schule, sondern eine schöpferische Individualität von hoher Begabung tritt uns hier entgegen. Die allerdings noch conventionellen Formen belebt eine tiefe Empfindung und äussert sich mit einer Energie, die zu grossartiger dramatischer Wirkung führt. Freilich kommt sie nur in grossen Zügen und bei den ergreifendsten Momenten zum Durchbruch; wo es auf feinere Nüancirung des Gefühles ankommt, bleibt sie in dem Schema des Herkömmlichen befangen, ist aber immerhin für die frühe Zeit, welcher die Bilder angehören, eine bemerkenswerthe Erscheinung. So haben wir in den auch schön angeordneten Gruppen der Frauen beim Kreuze, derselben am Grabe, insbesondere im Noli me tangere einen schon aus selbständiger Beobachtung des Lebens hervorgegangenen lebendigen Ausdruck und ein höchst charakteristisches Erfassen der Situation gefunden, während beim Tode der Maria der Ausdruck schwach und wenig der Stimmung entsprechend erscheint. In der Composition bekundet sich meistens eine selbständige Freiheit in verschiedenen subjectiven Zügen, entfernt von streng architektonischer Symetrie, losgelöst von den bindenden Gesetzen der Architektur. Die Figuren im ganzen schlank und zart, zeigen ziemlich gute Proportionen, nur der Gekreuzigte ist eine allzu hagere Gestalt; sie haben jene eigenthümlich feine Biegung des Oberleibes, die für das XIV. Jahrhundert so charakteristisch ist und ihnen eine besondere Weichheit verleiht, dabei sind die Schultern schmal, die Arme dünn und etwas kurz. Die Köpfe, obwohl von gemeinsamen Charakter im allgemeinen, sind doch keineswegs gleichförmig, manche erheben sich sogar zu edler Schönheit in grossartigem Schnitt der Züge (Taf. V.), nur sind die Stirnen zu breit und die dunkel contourirten Augen haben noch das Starre der älteren Zeit, ohne richtige Bildung und Stellung des Sternes, der noch in einer Ecke sitzt, was übrigens bei allen, auch den italienischen Gemälden dieser Zeit der Fall ist; bei Profilköpfen fehlt die entsprechende Verkürzung. Im übrigen findet sich keine Spur mehr von dem älteren Mosaikentypus mit starken Backenknochen, geraden Nasen und regelmässig getheilten Haaren, der sich bis ins XIII. Jahrhundert erhielt, die Gesichter sind im allgemeinen mehr rund, die Behandlung der Haare frei. Die schmalen Hände mit etwas langen Fingern ohne scharfe Biegung der Gelenke sind in der Regel gut gezeichnet und richtig in der Bewegung, die Füsse dagegen unförmlich, unverstanden mit langen, krallenartigen Zehen; hier fehlte eben die Naturbeobachtung, die sich an den Händen kund gibt.

Die Behandlung der Gewänder verdient besonders hervorgehoben zu werden sowol wegen der reichen, sehr richtigen, durchdachten Motive als des weichen Flusses der Linien; die Falten sind wenig gebrochen, mehr gezogen, aber ohne zu grossem Parallelismus, dabei von ausserordentlichem Schmelz und Weichheit in der malerischen Ausführung, so dass sich die Gewänder ebenso den Körperformen anschmiegen, als sie reich und breit herabfliessen; sie verrathen durchaus ein sehr ausgebildetes Naturstudium. Für die Oberkleider sind schillernde blasse Farben mit grelleren, stark dagegen abstechenden des Unterfutters, vorherrschend.

Die Gemälde sind keineswegs bloss colorirte Umrisszeichnungen, sondern zeigen ein glückliches Streben nach Modellirung, selbst malerischer Wirkung. Vom Zusammenstimmen und Abtönen einzelner Partien durch Helldunkel, damit sich das Licht concentrire und ähnlichen coloristischen Feinheiten kann natürlich noch nicht die Rede sein, aber durch kräftige, im allgemeinen röthliche Schatten, die sanft, aber ohne graue Mezzitinten in die Localtöne übergehen, helle, weissliche, ziemlich pastos aufgetragene, an den Rändern verfliessende Lichter erscheinen die Figuren gut modellirt und lösen sich hierdurch, sowie durch eine geschickte, von feinem Verständniss zeigende Wahl der Gewandfarben, ganz plastisch von einander ab; sehr glücklich gelöst sehen wir diese Aufgabe wieder in der Gruppe der Frauen beim Kreuze, wo sie gerade schwierig zu bewältigen war.

Nicht befremden kann es uns, dass das Nackte noch sehr unvollkommen ist, doch auch hierbei begnügte sich der Künstler nicht mit dem Conventionellen, und manche Details, wie die durch das Hängen am Kreuze angespannten Sehnen der Arme, die Faltung der Haut am Unterleibe durch das Biegen des Körpers u. dgl. bekunden das Streben des denkenden Meisters nach Naturwahrheit, ja der Kopf des Gekreuzigten in seiner Todesstarrheit hat sogar ein entschieden naturalistisches Gepräge. Nirgends begegnet uns trotz mancher Unbeholfenheit der Zeichnung (besonders bei schärferen Wendungen der Figuren, wie beim Engel am Grabe, beim Schwammträger der Kreuzigung) etwas Rohes oder Plumpes, sondern überall leuchtet der feine Geist heraus. Dabei ist die Durchführung höchst gewissenhaft und vollendet und auch auf die Nebendinge bis in's kleinste die äusserste Sorgfalt verwendet, indem sie, wie schon oben bemerkt wurde, nicht selten offenbar nach der Wirklichkeit in ganz realistischer Weise gemalt sind; wo es nur thunlich war, wurden reiche Ornamente, funkelnde Edelsteine angebracht, die, wie auch die verschiedenen Steinarten des Sarkophages, Thrones u. s. w. vorzüglich ausgeführt erscheinen. In der Mannigfaltigkeit und dem feinen Geschmack der Verzierungen bekundet sich der überquellende Reichthum dieser Periode; ausser den prachtvoll gemusterten Hintergründen verdienen in dieser Beziehung auch die Nimben eine besondere Beachtung. Jeder derselben ist anders, mit punzirten geometrischen Linien, Kreisen, Spitzen, Bögen u. dgl. oder mit den zierlichsten Ranken, Laubzügen, Lilien und Blümchen, zum Theil in erhobener Arbeit, geziert.

Die technische Ausführung bietet manches Bemerkenswerthe: die Tafeln aus Eichenholz wurden mit Leinwand sorgfältig überspannt, auf diese ein Grund von Bergkreide mit Gips und dann erst der feine Ueberzug von Bologneser-Kreide aufgetragen, der den Farben und Goldblättern zur Unterlage diente. Das Pigment der Farben besteht aus Eigelb und Feigenmilch; durch letztere erhielten sie einen eigenthümlich leuchtenden Schmelz und eine völlige Unlöslichkeit in alkalischen Flüssigkeiten; sie sind flüssig aufgetragen und sehr weich in einander vertrieben, wodurch sich die Technik wesentlich von der späteren in Deutschland üblichen unterscheidet, bei der die Zähigkeit der Ei- und Essig-Tempera ein Stricheln und Schraffiren mit der Farbe bedingte. Die Bilder blieben ohne Firniss.

Wenn wir gar keine äusseren Anhaltspunkte zur Bestimmung der Zeit, in welcher die Gemälde gefertigt wurden, hätten, so würden wir sie ohne Bedenken ihrem Kunstcharakter nach dem XIV. Jahrhundert zuschreiben. Die Auffassungsweise, die Bildung der Figuren mit gebogenen Leibern, die rundlichen Köpfe mit ihren mandelförmigen Augen, die gezogenen Falten, die weiche malerische Behandlung, endlich das Costüme der Soldaten und des h. Augustin, sowie der Charakter der Ornamente weisen auf diese Periode hin. Wir sind aber so glücklich die Zeit bestimmter angeben zu können. Liegt es schon nahe, die Ausschmückung der Rückseite des Altares mit dessen Renovation nach dem Brande von 1322 in Verbindung zu bringen, so wird diess zur Gewissheit durch den als Stifter der Gemälde beim Kreuze knieenden Propst Stephan von Sierndorf. Er erscheint hier zwar schon mit grauen Haaren, aber noch nicht als Greis, etwa im Alter von 55—60 Jahren. Da er schon 1303 Spitalmeister war, so dürfte er kaum nach 1270 geboren sein; als Caplan kommt er bereits in dem von Propst Hadmar gestifteten, also zwischen 1293 und 1301 fallenden Glasfenster des Kreuzganges vor [1]). Die Bilder sind hiernach um das Jahr 1330 zu setzen, jedenfalls aber vor 1335, in welchem Jahre Stephan starb. Da aber die Renovation und Translation des Altares zufolge der Email-Inschrift des Tafelwerkes 1329 vollzogen war, so ist es wahrscheinlich, dass auch die Rückseiten, ohne deren bildliche Ausstattung der Altar in seiner Form als Flügelaltar nicht seiner Bestimmung entsprochen hätte, bei der neuen Aufstellung vollendet waren; man kann sonach das Jahr 1328 als mittlere Entstehungszeit für die Bilder mit Grund annehmen [2]).

Sie sind die ältesten bisher bekannten datirten Tafelgemälde Oesterreichs und gehören zu den frühesten, welche die deutsche Malerei auf ihren selbständigeren Bahnen hervorrief. Wir wollen nun ihr Verhältniss zu anderen gleichzeitigen, sowie zu den etwas älteren und den späteren Werken näher in's Auge fassen, um hieraus ihre kunstgeschichtliche Stellung und Bedeutung zu ermitteln.

----

1) Camesina im Jahrbuch d. Central-Commission II, S. 186.

2) Propst Stephan zeichnete sich durch seine Kunstliebe aus. Ausser mehreren Glasgemälden liess er das prachtvoll emaillirte Ciborium zu Wien anfertigen (S. Mitth. d. Central-Comm. IX., 1864, S. 40), die silberne Niello-Patene (wahrscheinlich noch vor seiner Wahl zum Abte), und er that überhaupt für sein Stift so viel, dass ihn die alte Stiftschronik den „nächst stiffter nach dem marggrafen nennt" (Archiv f. Kunde öst. Gesch.-Quellen VII., 232) und seinem Leichenbegängnisse im November 1335 die Herzoge Albrecht und Otto beiwohnten.

1

2

3

4

5

6

7

a

8

Die Worte, mit denen H e i d e r im IV. Bande der Berichte seine Beschreibung der Email-Tafeln
einleitet, indem er ihre Stellung in der Kunstgeschichte dadurch bezeichnet, dass sie an der Grenzscheide
zweier Richtungen stehen, einerseits in überlieferten Anschauungen wurzelnd, andererseits aber doch
mit frischen Zügen die traditionellen Formen durchbrechend und belebend, passen in anderer Weise
vollkommen auch auf die Gemälde der Rückseite; auch sie sind als Abschluss einer früheren, wie auch
als Anfang einer neu auftauchenden Kunstrichtung anzusehen und sie bezeichnen durch die freiere Bele-
bung herkömmlicher Formen einen wesentlichen Fortschritt.

Für die Malerei ist das XIV. Jahrhundert die Zeit der ersteren freien Regungen, der selb-
ständigen Entwicklung. Mit dem Anfhören des mönchischen Schulbetriebes, der Entfaltung des gothischen Baustyles, welcher das Zusammenwirken der Malerei mit der Architektur lockerte, löste sich
diese von den streng architektonischen Gesetzen los und geht nunmehr in einzelnen Schulen ausein-
ander, in denen nach und nach die verschiedenen Individualitäten immer mehr hervortreten, indem mit
grösserer Freiheit subjective Züge in die einzelnen Werke gelegt werden konnten. Durch das Ver-
schwinden der Mauerflächen, das der gothische Styl bedingte, wurde der Malerei ein Hauptfeld ihrer
Thätigkeit, die Ausschmückung der Wände, entzogen und hierdurch sowie durch das Abkommen der
kostspieligeren metallenen Retabeln waren die Bedingungen zur Entfaltung der T a f e l m a l e r e i gegeben. Im XIII. Jahrhundert finden wir die graphischen Künste noch immer in den schematischen,
auf byzantinischer Tradition fussenden Formen befangen, wenn auch einzelne Werke durch die geistige
Energie, das lebendige Streben des Künstlers nach Ausdruck sich zu grösserer Bedeutung aufschwan-
gen und einen gewaltigen Anlauf zu lebendigerer Gestaltung nahmen, wie wir diess schon gegen Ende
des XII. Jahrhunderts an den Emailtafeln unseres Altarwerkes in grossartiger Weise sehen. Namentlich die Bildung der Köpfe kann sich über typische Gleichförmigkeit und starre Ausdruckslosigkeit
noch nicht erheben, die Gestalten sind meist lang und hager, die Gewänder brechen sich in scharfen
Falten, die Behandlung der regelmässig getheilten und beiderseits herabfallenden Haare ist conven-
tionell, die Bilder sind bloss colorirte Umrisszeichnungen ohne Modellirung durch Schatten und Licht,
die Farben entweder körperlos oder grell. In den Miniaturen dieser Zeit ist sogar ein Rückschritt
gegen die ältere Epoche wahrzunehmen. T a f e l g e m ä l d e aus dem XIII. Jahrhundert sind überhaupt
in Deutschland sehr selten und nach verschiedenen Andeutungen scheinen solche von künstlerischer
Intention nur wenig in Anwendung gekommen zu sein und zwar vorzugsweise zu Antependien - Ver-
kleidungen des Altartisches. A u f den Altar zu stellende bemalte Tafeln erwähnen zwar verschiedene
Schriftsteller, namentlich D u r a n d u s in seinem Rationale divinorum officiorum [1]), meistens scheinen
aber bemalte Reliefs gemeint zu sein [2]), wie denn colorirte plastische Bildwerke im XII. und XIII.
Jahrhundert sehr allgemein und beliebt waren. Auch der Presbyter T h e o p h i l u s zu Ende des XII.
oder Anfang des XIII. Jahrhunderts gibt in seiner Anleitung zur Malerei [3]) das Verfahren bei Anfer-
tigung von bemalten Holztafeln mit figürlichen Darstellungen an, aber die Thätigkeit scheint sich doch

---

1) Lib. I., c. 3: Generaliter s. s. patrum imagines quandoque in parietibus ecclesiae, quandoque in posteriori altaris
tabula, quandoque in vestibus sacris pinguntur.

2) Diess erhellt z. B. aus dem Beschlusse des Cisterzienser - Generalcapitels v. J. 1240: „Quoniam de curiositate
tabularum, quae altaribus ordinis superponuntur, clamosa insinuatio venit ad capitulum generale, praecipitur, ut omnes
tabulae depictae diversis coloribus amoveantur aut colore albo colorentur,“ wo nur plastische Bildwerke gemeint sein
können. Vgl. S c h n a a s e, Gesch. der bildenden Künste, V., S. 680.

3) Diversarum artium schedula herausg. vom M. de l'Escalopier. Paris 1843. Ueber die Zeit, wann Theophilus
schrieb s. S c h n a a s e, a. a. O., IV., 1. Abth., S. 337 und V., S. 680.

mehr auf die Bemalung der Schilde beschränkt zu haben, wie denn auch die Maler mit den Schild-machern zu einer Zunft verbunden waren, und vielleicht auch die alte Benennung der Maler: Schilderer davon herzuleiten ist [1]).

Die wenigen erhaltenen Ueberreste dieser Technik aus dem XIII. Jahrhundert stehen noch auf einer ziemlich niedrigen Stufe und wegen der grösseren Schwierigkeit sogar unter den Miniaturen dieser Zeit, indem sie sich meist nur als gefärbte Zeichnungen von strengem Styl mit starker Bezeich-nung der Wangenröthe darstellen. So ist eine Tafel mit Passionsscenen in der Kirche zu Heilsbronn bei Nürnberg, ein Antepedium zu Lüne bei Lüneburg (Christus in der Glorie nebst acht Scenen aus seinem Leben) [2]), und wir sehen die Gemälde aller Länder ziemlich auf derselben Stufe, selbst in Italien, wo erst durch Giotto die Grundlagen zur freieren auf der Beobachtung des Lebens und dessen durchgeistigter Auffassung gegründeten Bewegung gegeben wurden.

Gegen diese älteren Bestrebungen zeigen die Klosterneuburger Bilder einen wesentlichen Fort-schritt; wenn auch die gebogenen Leiber und die weich gezogenen Gewandmotive noch an die ge-schweiften, parallelen Linien der Architektur erinnern, in der Zeichnung manches unbeholfen und die schwierigste Aufgabe, der seelenvolle Ausdruck des Auges noch nicht erreicht ist, so athmet doch in ihnen ein freierer Geist, der sich in schon bedeutender Entwicklung des Psychologischen, (s. die Frauen beim Kreuze), und dem glücklichen Streben nach dramatischer Wirkung (im Noli me tangere) äussert. Die Weichheit der von den fliessenden Linien der Gewänder umgebenen Körper, die abstracte Gesichtsbildung, denen mitunter Anmuth nicht abzusprechen ist (so die Köpfe der Maria bei der Krö-nung, derselben beim Kreuze und mancher Apostel) verleihen den Gestalten eine gewisse feine Idea-lität, die sich von der herben Strenge der älteren Zeit wohlthuend abhebt und durch den Hauch jugendlich warmer Empfindung das Gemüth fesselt. Gegen Giotto († 1336), dem sie gleichzeitig sind, stehen unsere Bilder freilich weit zurück; sein Einfluss erstreckte sich aber noch nicht auf die deutsche Kunst, die wir noch ganz in selbständiger Entwicklung begriffen finden.

An deutschen Werken dieser Zeit gibt es nur wenige zur Vergleichung. Von Wandmalereien scheinen die aus dem Anfang des XIV. Jahrhunderts herrührenden in der nunmehr abgebrochenen Kirche zu Ramersdorf im Siebengebirge nach Schnaase's Bericht [3]) und den Copien im Berliner Museum in mancher Beziehung unseren Bildern verwandt gewesen zu sein, nur waren die Gestalten gestreckter und ohne die feine Durchbildung, im ganzen noch conventioneller gehalten. Aehnlich, obwohl grossartiger in Auffassung und Zeichnung, sind die um 1322 ausgeführten Wandgemälde an den inneren Schranken des Kölner Domchores; die langen Figuren, obwol nicht ohne Würde und ein Streben nach Charakteristik bekundend, haben zu grosse Köpfe und sind ziemlich steif. Näher stehen der Zeit und wohl auch dem Charakter nach die Wandgemälde mit Darstellungen aus der Legende des h. Georg im Schlosse Neuhaus in Böhmen, i. J. 1338 von einem deutschen Künstler (wie aus den Ueberschriften hervorgeht) gemalt; Wocel [4]) bemerkt die conventionelle Zeichnung der Gestalten von steifen Bewegungen und unförmlichen Extremitäten, dabei aber das lebendige Streben nach Charakteristik und Ausdruck bei einer gewissen Wärme des Gefühles; sie haben jedoch entschieden ältere Reminiscenzen.

---

1) Vgl. Fiorillo, Gesch. der zeichnenden Künste in Deutschland II., 168.
2) Waagen, Kunstwerke und Künstler in Deutschland I., 310. — Ders. in d. Kunstblatt 1850, S. 158.
3) In G. Kinkel's Taschenb. „vom Rhein" 1847, S. 191.
4) Mittheilungen der Central-Commission III., S. 170.

Von Miniaturen dieser Zeit sind vornehmlich die im Passionale der Prinzessin Kunigunde in der Universitäts-Bibliothek zu Prag in Betracht zu ziehen, die wahrscheinlich vom Canonicus Benessius um 1312, in welchem Jahre das Werk der Prinzessin, Tochter Ottokars II., Aebtissin des Georgenstiftes zu Prag, überreicht wurde, gemalt sind. In den schematischen, gleichmässigen Köpfen zeigt sich ein Ringen nach Ausdruck, ein energisches Gefühl, welches die conventionellen Fesseln durchbricht, gleichwohl mangelt den etwas hageren Gestalten mit gebogenem Oberleib, zu kurzen Armen, tatzenartigen Füssen noch das feinere Schönheitsgefühl, welches an unseren Bildern oft so ausgesprochen hervortritt; die Faltenwürfe sind auch nicht so weich gezogen, Licht- und Schattenwirkung fehlt noch fast gänzlich.

Die rheinischen Tafelmalereien [1]) dieser Zeit sind ziemlich wenig entwickelt, manche noch in alterthümlicher Fassung, andere sehr roh und steif, wie z. B. die Flügelbilder des Schnitzaltares in der Kirche zu Oberwesel von 1330. Einige Tafeln im Museum zu Köln: Johannes, Paulus, die Verkündigung und Darstellung im Tempel, sowie die inneren Gemälde der Flügelthüren eines Heiligenschreines in der Kirche zu Altenberg an der Lahn [2]) mit Darstellungen aus dem Leben der Maria tragen noch mehr das Gepräge der Miniaturen dieser Zeit mit vorherrschender Umrisszeichnung, die Köpfe ohne Modellirung und ausdruckslos, in den zum Theil grossartigen Gewändern aber ist schon mehr malerischer Sinn erkennbar. Besser ist ein kleiner Flügelaltar mit dem Kreuze, der Geburt, Anbetung der drei Könige, Himmelfahrt und Ausgiessung des h. Geistes, im Kölner Museum, die Stellungen erscheinen hier bewegt und lebendig, die Körper gebogen, aber wenig modellirt, der Ausdruck der Köpfe ist noch gering.

Viel weiter vorgeschritten sind freilich die Werke des Meisters Wilhelm von Köln und seiner Schule, aber auch durchschnittlich ein halbes Jahrhundert jünger als die Bilder des Verduner-Altares. Bei ihnen finden wir bereits eine hohe Idealität und Innigkeit des Ausdruckes in den feinen, runden, überaus anmuthigen Köpfen, aus denen alles typisch-conventionelle und die herbe Strenge der älteren Zeit gewichen ist, und der zartesten Milde und edler Schönheit Platz gemacht hat; der Künstler vermag seine tiefe Empfindung und die verschiedene Seelenstimmung vollständig auszudrücken, dabei ist die Zeichnung von ausserordentlicher Weichheit und Formenfluss, aus der malerischen Behandlung das Kartenartige verschwunden und eine treffliche Modellirung in feinem Farbenschmelz mit weisslichen Lichtern durchgeführt; die Auffassungsweise ist im Ganzen mehr poetisch als streng kirchlich zu nennen [3]). Trotz dieser höheren malerischen und Form-Vollendung und des bei weitem entwickelteren Schönheitssinnes sind sie im Ausdrucke doch oft viel stumpfer, monotoner, von geringerer dramatischer Wirkung und Grossartigkeit der Conception als unsere Bilder.

Die für die Entwicklungsgeschichte der Malerei höchst wichtige, in ihren Grundlagen vornehmlich deutsche Prager-Schule [4]) datirt ebenfalls erst seit der Mitte des XIV. Jahrhunderts; selbst

---

1) Köln und Mastricht erscheinen schon in älterer Zeit als die Hauptorte für die Malerei; so sagt Wolfram von Eschenbach in seinem Parcival (158, 14): „Von Kölne noch von Mastricht kein Schiltaere entwerfe im baz, denn als er ufem orse (Rosse) saz."

2) Kugler, Rheinreise in dessen kleinen Schriften. II, S. 181. — Dess. Gesch. d. Malerei. II. S. 210.

3) Einige Beispiele von Schulbildern dieser Richtung besitzt das Stift Klosterneuburg in seiner Gemäldesammlung, Mitth. d. Centr.-Comm. VII. S. 206. Archäol. Wegweiser S. 33.

4) Ihre Satzungen v. J. 1348 waren in deutscher Sprache abgefasst, in derselben von K. Wenzel 1380 bestätigt, und wurden erst 1430 ins Böhmische übersetzt. Vgl. Passavant im Kunstbl. 1841, Nr. 87.

die unter italienischem Einfluss entstandenen Wandgemälde im Kloster Emaus sind erst 1343 ausgeführt. Die Leistungen derselben sind sehr ungleich. Die Fresken mit Darstellungen der Apokalypse in der Himmelfahrtskirche und die Scenen des neuen Testamentes darstellenden in der h. Kreuzkirche des Schlosses Karlstein zeigen feine, schlanke Gestalten mit rundlichen Gesichtern bei grosser Weichheit der Behandlung und im allgemeinen den Charakter der älteren Kölner-Schule; sie rühren wahrscheinlich von der Hand Wurmser's von Strassburg her. Dasselbe gilt von dem schönen Bilde aus der Decanatskirche zu Raudnitz im Museum zu Prag, vielleicht der besten und anmuthigsten Leistung der Prager Schule, von c. 1380, da Wenzel hier schon erwachsen erscheint. Entschieden italienisch, aus der Bologneser-Schule hervorgegangen, sind die Gemälde des Thomas de Mutina: Madonna zwischen dem h. Wenzel und Palmatius in halben Figuren in der Gemälde-Gallerie im Belvedere (Altd. Schule, J. I, 1) und zwei Tafeln mit Maria und dem Ecce homo in der Kreuzkirche auf Karlstein, auch das Veron Icon im Dome zu Prag und die Madonna auf dem Wissehrad verrathen italienischen Einfluss und selbst in Bezug auf die Madonna in der Altarnische der Katharinencapelle zu Karlstein möchte ich mich Kugler's Ansicht anschliessen [1]), der „eine gewisse italienische Gefühlsweise" in dem Bilde bemerkt.

Sehr derb und selbst in Berücksichtigung der grösseren, schwerer zu beherrschenden Dimensionen roh und unbeholfen zu nennen sind die wohl irrthümlich dem Nicolaus Wurmser zugeschriebene Kreuzigung in der Belvedere-Gallerie (A. Sch. I. J., Nr. 106), sowie die 130 Tafelbilder mit Heiligen in überlebensgrossen Halbfiguren [2]) von Theodorich von Prag; die Zeichnung der ersteren ist äusserst plump, letztere sind von unbestimmtem Ausdrucke, aufgedunsen, muskellos, obwol kräftig modellirt. Im allgemeinen zeigen die Werke der Prager Schule ganz andere Verhältnisse als unsere Bilder und auch die der Kölner Schule: kurze Gestalten mit grossen Köpfen, sehr weichen vollen Backen, geschlitzten Augen, in der Charakteristik unbedeutend und stumpf, aber nicht ohne eine gewisse Würde und selbst Grossartigkeit; die Hände sind ziemlich gut gezeichnet, die Füsse aber noch sehr plump, in den weich schattirten Gewändern sind wenige, gezogene Falten, so dass sie sackartig erscheinen. Die Production dieser Schule an Tafelgemälden ist gegen die anderer Länder zu derselben Zeit ausserordentlich gross [3]).

Eine Reihe von Salzburgischen Tafelgemälden, wie zwei Altäre in der Kirche am Nonnberge (am Singchore, früher in der Crypta) und eine treffliche Tafel, Maria und die beiden Johannes, nebst Flügeln mit einzelnen Heiligen im Diöcesan-Museum zu Freising (früher im Kapuzinerkloster zu Salzburg), gestiftet von Johann Reichenberger um 1420, Bilder von hoher Vollendung, zeigen den Charakter der entwickelten Kölner-Schule und sind allerdings weit ausgebildeter, aber auch mindestens ein halbes Jahrhundert jünger als die Klosterneuburger-Bilder. Dasselbe gilt von dem in Freising befindlichen Flügelaltare der Kirche zu Weildorf bei Teisendorf. Aelter, von einfacherer Fassung ist ein grosses Holzgemälde in Altenmühldorf, Christus am Kreuze, dabei die Frauen, Johannes und der Hauptmann; die gestreckten Gestalten in etwas sackartigen Gewändern mit weniger Falten erinnern zum Theil noch an den Styl der Miniaturen aus dem Ende des XIII. Jahrhunderts.

---

1) Kleine Schriften II, 497.

2) Davon zwei in der kais. Gallerie zu Wien, Altd. Sch. I. Z. Nr. 37 und 43.

3) Sie wurden zum Theil auch in andere Länder versendet, so befand sich ein „Bild aus Prag" im Schlosse des Hochmeisters zu Marienburg, ein anderes besitzt die St. Veitskirche zu Mühlhausen am Neckar (Schnaase, Gesch. der bild. Künste. VI, 507).

Von den älteren Bildern der Nürnberger-Schule gehören nur wenige dem XIV. Jahrhundert an und diese sind meist roh, schlecht gezeiclmet mit gestreckten Proportionen und unrubigen Gewandmotiven. Die etwas späteren, wie der Imhof'sche Altar in der Lorenzkirche (um 1400) [1]), der Tucher'sche in der Frauenkirche (um 1420), der Haller'sche bei St. Sebald u. a. stehen in der Zeit und Kunstweise unseren Bildern zu ferne, um in Parallele gezogen zu werden.

So sehen wir denn, dass wir die an den Emailtafeln der Vorderseite des Verduner-Altares, so auch an den Bildern auf dessen Rückseite einen wahren kunstgeschichtlichen Schatz besitzen, dessen Bedeutung gegenüber den wenigen und meist geringeren noch erhaltenen Gemälden der ersten Hälfte des XIV. Jahrhunderts sehr hoch anzuschlagen ist. Dass die Bilder in Oesterreich gefertigt wurden, kann mit Wahrscheinlichkeit angenommen werden, da auch die Glasmalereien des Kreuzganges in derselben Zeit hier ausgeführt [2]) und zufolge der Stiftschronik die Emailtafeln von Wiener Goldschmieden renovirt wurden. Ob der Künstler ein Einheimischer oder Fremder war, welcher Schule er seine Ausbildung verdankte, und wie weit etwa ein italienischer vor-giottesker Einfluss sich geltend macht, darüber werden vielleicht spätere Detail-Forschungen näheren Aufschluss geben.

Schliesslich muss noch eines besonderen Umstandes gedacht werden. Zwischen den beiden Mittelbildern befindet sich nämlich der ganzen Länge nach herablaufend ein Vorsprung in der Form eines halben Achteckes mit gothisch profilirten Gesimsen und Basis; er ist hohl und es lief offenbar eine ciserne, nach oben etwas spitz zulaufende Spindel hindurch. Möglicherweise diente diese Vorrichtung nur zur Befestigung des Altares auf der Mensa, da er eine beträchtliche Vorschwere besitzt, allein sie dürfte wohl noch einen anderen Zweck gehabt haben, nämlich den, das ganze Altarwerk bei geschlossenen Flügeln um seine Achse zu drehen und so einen Wandelaltar herzustellen, dessen bildliche Ausstattung die Veranschaulichung der heiligen Mysterien der verschiedenen kirchlichen Zeiten bezweckte; ja diese Absicht dürfte der Grund der Bemalung der Rückseite des Mitteltheiles gewesen sein. Sowie ohne Zweifel die Flügel zur Fastenzeit geschlossen wurden und dann statt des ganzen grossen Cyclus der Nielo-Tafeln nur die zwei Hauptmomente der Leidensgeschichte sichtbar waren, so mögen durch die erwähnte Drehung zu gewissen anderen Zeiten, namentlich im Advente, die beiden Darstellungen aus dem Leben der heiligen Jungfrau — ihr Tod und ihre Verklärung — zur Anschauung gebracht worden sein. Es finden sich hiefür in etwas späterer Zeit, im XV. und XVI. Jahrhundert viele Parallelen und gewöhnlich dienten zwei Flügelpaare zur Herstellung dieser Verwandlungen, hier aber hätten wir vielleicht das älteste Beispiel eines eigentlichen, geistvoll erdachten Wandelaltares.

---

1) Das Mittelbild, die Krönung Mariä, hat mit der gleichen Darstellung der Klosterneuburger-Bilder in der Composition grosse Aehnlichkeit. Vgl. Förster, Geschichte der deutschen Kunst. I, Taf. XV.

2) Jahrb. d. Central-Comm. II, S. 187.

Lith v Josef Schönbrunner                    K.K. Hof-Kunst...

Lith. v. Josef Schönbrunner
K.K.Hof-Kunstdruckerei v. Reiffenstein & Rosch in Wien